記憶における沼とその他の在処

岡田一実句集

青磁社

記憶における沼とその他の在処＊目次

暗　渠　5
三千世界　39
空　洞　79
水の音　115
跋　青木　亮人　149
あとがき　156

句集

記憶における沼とその他の在処

装幀・装画　濱崎実幸

暗渠

火蛾は火に裸婦は素描に影となる

眠い沼を汽車とほりたる扇風機

蟻の上をのぼりて蟻や百合の中

芯のなき赤子の首の昼寝かな

アイスコーヒー読みさしの艶書伏せ

活動のきつぱりと滝落ちにけり

天窓に雨降りかかる冷し酒

瓜の馬反古紙に美しき誤字のあり

阿波踊この世の空気天へ押す

喪の人も僧も西瓜の種を吐く

キネマ見ればカラアに動く子規忌かな

秋晴や毒ゆたかなる処方箋

喉に沿ひ食道に沿ひ水澄めり

戦火や良夜の馬は目をば病み

十六夜の剝けば色ある海老の腹

コスモスの根を思ふとき晴れてくる

馬の鼻闇動くごと動く冷ゆ

声やがて嗚咽や林檎手に錆びて

円柱に湯が沸き雁のころに核

椋鳥の天へ地へその粘りかな

墓石は可動の石ぞ秋の暮

蠟燭を灯しつ売りつ石蕗の花

暗渠より開渠へ落葉浮き届く

煮凝を纏ふ目玉を転がせば

裸木になりつつある木その他の木

闇鍋の闇を外せぬぬめりやう

冬の街つくるに街の冬木伐る

蠟燭と冷たき石の照らし合ふ

凍蝶といふ肝胆の凍てごこち

降りながら白む名残の空のあり
淑気満つ球と接する一点に

たれかれの顔ごちやまぜに福笑

凍滝を音たてて人渡りけり

新雪を巨きな鳥の翳いそぐ

梅が香をつと馳せ抜いて獣かな

碁石ごと運ぶ碁盤や梅月夜

満つるとき色あざやかに芹の水

日の中に人形褪せるうららかな

明確にゆるぶ木の芽や黙示録

鷹は首をねぢりきつたるとき鳩に

スポイトの春たけなはの空気かな

光線のうちに世の中夜の仔猫
火に花の影さざめきつ散りつ燃ゆ

夜を船のよぎる音聞く桜かな

歩きゐて動く歩道や鳥の恋

輪をぐる愛しき蜂と寂しき火

枝を移る鳥も一樹の柳かな

明るさを堆肥のにほふ揚雲雀

発つ鳥に一枝弾みて八重桜

日輪に水の兆しや春の海

海風のなかの春風浜の昼

藤の枝の低く藤ふさ地を渦に

雨ふる地球に筍飯の炊きあがる

街灯に朝日いたるや蚊柱立つ

たちあふひ川《かは》音《と》の耳に乾く如

火と見れば火に病葉の焼けゐたり

細胞に核の意識や黴の花

蟬歩く破船を陸にうち捨てて

人形に空洞の頭や花サボテン

煮魚の涼しき骨を展げけり

照らされて多条の雨や祭の夜

目の合へば思惟の光れる金魚かな

三千世界

夢に見る雨も卯の花腐しかな

はつなつや艀わづかに水脈を曳き

ゆふがたを蟹の横切る桜桃忌

早苗饗や匙に逆さの山河見ゆ

一灯のながき螢や橋を越え

あぢさゐや爪切るやうな生き心地

あぢさゐの頭があぢさゐの濃きを忌む

灯が駅を照らせる朝の蝸牛かな

瓜ふたつ違ふかたちの並びけり

疎に密に合歓咲く谷のけぶり立つ

こゑが混む部屋香水の人を据ゑ

万緑の内側に幹ありにけり

夕立の水面を打ちて湖となる

天頂の揺らぎの中をかはほり来

端居して首の高さの揃ひけり

背子の名の浮人形やすぐに浮く

その中に倒木を組む泉かな

蟻蠓の晴れて色濃き曇空

断層に根を突き出してゐる茂り

宙を日の動くや蜥蜴影と消ゆ

沖涼し波に船体ひたた灯し

飛ぶ蟬を見れば日の差す面かな

灯さずに踊りて暗きとは違ふ

流灯の澱む浅瀬や揺らし合ふ

宗教に西瓜に汁の朱さかな

キツネノカミソリ地獄行きとは賑やかな

新涼や口を漱げば意識に歯

水源をはなれ大河や夕蜩

男娼と見てゐる菊の豪華かな

熱田津の今は月待つ陸《くが》の栄《はえ》

みづうみの芯の動かぬ良夜かな

人形に直描きの目や芋嵐
墓所の塀越えて柘榴が道の辺へ

一山の樹齢聞くとき霧立ちぬ

現し世にあれば花野の兄妹

人影の上へ冷まじきビルの影

鳥葬にまづ駆けつけの小鳥来る

紅葉を見えて滝落つその全容

山茶花や魚ややや鈍く底にゐて

冬木の芽ときには肺の楽器となる

外套の臭気ふくらむ列車かな

また蜂の来て日の中の花八手

焼鳥の空飛ぶ部位を頂けり

冬眠の脳を頭蓋のひた隠す

田作りの艶に冷えゐて食はせ合ふ

夜の森や濡れてマフラー置かれある

大寒の群墓を朝日さし照らす

空港に知りて故国の冬の雨

目にまぶた山に山火の膨れけり

母と海もしくは梅を夜毎見る

囀をはづれて鳥や地を歩く

雨ふつとあがり薔薇の芽薔薇の針
根の国に黄砂の積る一日かな

柳の芽水を輪にして鳥ゐたる

耕人の口中見せて休みゐる

両岸を諸手摑みに春の橋

啓蟄の列車じやばらに継ぐ蠢く

菫野のはや打捨ての自撮り棒

晴れ渡る鴉の恋となりにけり

鞠とんで春たけなはといふ高さ

菜の花の不確かなるが中洲に浮く

花菜売る店の奥処に暮しの灯

ことほぎの歌たかまりて蝿生まる

三千世界にレタスサラダの盛り上がる

幻聴も春の嵐も臥せて聴く

食卓に骨のにぎはふ麗らかさ

雨を咲く白あざやかに梨の花

しやぼん玉海の飛沫と混じりけり
海底の麗らや魚のしらほねに

春の水日に透きつ日を反しけり

蠶《かひこ》その皮膚を使へば疲れかな

見るつまり目玉はたらく蝶の昼

空洞

七夕や鋏つかへば紙の圧

石に寝て銀河と骨と馴染みけり

麵麭が吸ふハムの湿りや休暇果つ

白桃の外は煌々と音あふる
しらほねに耳の骨なし女郎花

室外機月見の酒を置きにけり

煩悩や地平を月の暮れまどひ

芙蓉の実傘もたぬ子を傘に入れ

紫陽花の一塊もまた末枯るる

鹿の恋森ひそやかに花咲かす

中庭を抜ける明るさ榠樝の実

秋水や葉脈残る葉の行方

常闇を巨きな鳥の渡りけり

ちりぢりにありしが不意に鴨の陣

空港にフォー混ぜてゐる神の留守

枯菊に霜の華やぎありにけり

初雪やかはるがはるに鴉とび

はらわたに梵鐘とどく寒さかな

飛ぶ鴨に首あり空を平らかに

粉雪をはらへば牛のゐたりけり

曼荼羅に転生兆す魂や冴ゆ

歩きつつ声あざやかに初鴉

明るさに目の開く昼の姫始

全景を雪降る富士の浮世かな

昼の日に山うたた寝といふところ

越中は湾ふかくあり芹なづな

紙懐炉ほとほる雨の車寄せ

白梅の世を鳥たかく鳴きにけり

紅梅の蕊に有情の長さかな

春雨や伏して本読む栞紐

椿落つ傷みつつ且つ喰はれつつ

三月の鳴きて鳥ゐる枝や伸ぶ

青空を靈の濁りや比翼塚

吹降をはくれん靡きつつ傾ぐ

鱗浮く脚ある鳥と涅槃かな

白き象白き日永を遊びけり

口中のちりめんじやこに目が沢山

春分の蝶川上へ吹き流る

春の地球や球形に空気満ち

組めば椅子解けば木片山笑ふ

墓地の木の紙含みある鳥の巣よ

窓に日の屈折見ゆる残花かな

春の水飲まばや濃き日かたぶきぬ

風船のしぼみて舌のやうなもの
助手席に落語たのしむ花の昼

恬然とゆまる獣や春惜しむ

空洞の世界を藤のはびこるよ

縦に垂れ雌雄かさなる鯉幟
薔薇崩る而して夜雨吹きすさぶ

ヘッドライトに入りて螢や脚の見ゆ

田は雨に酔ふべかりけり梅雨鯰

すひかづら蛇の膚《はだへ》を思ふ吸ふ

玻璃越しに雨粒越しに虹立つよ

かたつむり焼けば水焼く音すなり

昼の陽に照らされ螢袋かな

森の中森の茂りを透かし見る

幼生をかなしむ蛇の死後なりき

夢を木の咲いて軋めく籐寝椅子

細胞に壁あり向日葵の傾ぐ

火を点けて小雨や夜店築くとき

誘蛾灯乾いた音の続きけり

蟻地獄蟻の行方を皆で見る

照り返す葉表を蜘蛛歩きけり

三伏や錆の上を錆盛り上がる

月見草からくれなゐに朽ちにけり

揚花火しばらく空の匂ひかな

水の音

海を浮く破墨の島や梅実る

鱒の寿司夜中の駅を見つつ食ふ

夕さりは微風明るし利休梅

蟻蠓の芯を残さず失せにけり

風呂へゆく渡り廊下や柿の花

栗は木をゆたかに咲かす地獄絵図

花合歓や牛の乳房の垂れ揃ひ

墓いまだ吾の骨なしに灼けにけり

天頂に陽や中空を滝奔る

炎帝や肉屋にあかときいろの肉

冷蔵庫牛の死肉と吾を隔つ

蟻のぼる蕊を花弁の沿ふ乱れつ

立つて食ふサンドヰッチや誘蛾灯

銀色に背骨のうごく目高かな

朝ながら昼の穢およぶ夾竹桃

石鯛の海に濡れては雨に濡れ

くらがりの沼へ水入る蛾の羽ばたく

莩殻ほそく焚く人びとや橋に見て
雨脚を球に灯せる門火かな

眼球はおのれ映さず葛の花

輝きに釣瓶落しの始まれり

名月や痛覚なしに髪伸びて

月は西刃物は水に沈みけり

首といふ丈へ長しや死人花

死者いつも確かに死者で柿に色

彼の世には喉ふるはせて鳴く蚯蚓

影畳みつつ鶏頭の咲きにけり

廃坑や莢《が》蒾《ずみ》の実の雨を帯び

尾根越えて霧一塊となり疾る

雁や龍笛を息かよふとき

碑に屠るくちらや波の花

焚火はや尽きて砥石の如き夜

セーターの雨粒はらふ手の雨粒

飛行機に百の魂浮く冬の空

山ふつりふつりと眠る讃岐かな

昼を寝て巨花咲く如く咳きぬ

文様のあやしき亀を賀状に描く

歌留多いま華《くわ》冑《ちう》の恋を散らしけり

中庭の雪積む木々を森と思ふ

根を通ふ水も深雪の底ひかな

凍鶴の凍てゆるびたる貌かたち

淡雪や熱に魚卵の白むとき

一山を梅咲く昼の冷えの中

ふつうの日ふつうのうぐひす餅の粉

龍天に昇るに顎の一途かな

陽春の籠に菜屑や月のぼる

木を叩くことも朧の影の内

胎盤のぬめりびかりの仔馬かな

桃の花幼娼婦のかそけき尿

墓に座す眺めよろしき春の海

プラタナス咲けば影なす手風琴

春昼や首に紐ある抱き心地

菜の花や水を日輪撫でうごき

三鬼忌の明けて朝なるバーにゐる

つどひては又ほどけたる春の鴨

体内を管は隈なし百千鳥

翅おもに蝶の部位とや宙にゐる

春の波春の汽笛を一日聞く

魚焼けば皮に火の乗る暮春かな

白藤や此の世を続く水の音

句集　記憶における沼とその他の在処　畢

跋

青木 亮人

岡田氏はシューマンの「子どもの情景」を好んで聴くらしい。

俗事や煩わしさを一端置いてその旋律に耳を傾けると、世界は落ち着きと柔らかさを帯び始める。楽曲のなだらかな起伏は白昼夢に似たほの明るさを惹起し、くぐもった懐かしさをたぐりよせ、喜びや楽しみ、翳りや不安定さが充溢感とともに訪れる。

その情景は鋭敏さや激しさ、成長や功名等より内省の純粋さが、何より慈しみに彩られた気配が永劫回帰のように漂っており、あたかも岡田氏が句作に熱中するひとときと響きあうかのようだ。

目に入ったもの、興を覚えたもの。好奇心が偏りのままに、情感が気の急くままに膨らみつつ、それらが見えたという臨場感に忠実たらんとする感性は氏の特徴である。

蠟燭を灯しつつ売りつつ石蕗の花

蟻のぼる蕊を花弁の沿ふ乱れつ

最も伝えたい出来事を季感や言外の余情に委ねるほど、氏の高揚感は弱くない。「灯しつ売りつ」「沿ふ乱れつ」は現場性の濃さを伝えるものとして吟味された措辞だ。

「ヘッドライトに入りて螢や脚の見ゆ」等、氏の句作の愉悦はこれら印象的な出来事を丹念に詠む点にあり、よりいえば出来事の継起を時間順に、一つ一つ詠みこむ楽しさが原動力となっている。季感を活かす余白や焦点を絞る洗練等はさほど重要でないのだ。特に氏は視覚に訴える出来事に関心を払うことが多く、それは「目」のこだわりからもうかがえよう。

口中のちりめんじやこに目が沢山

見るつまり目玉はたらく蝶の昼

例えば、口中の闇のチリメンジャコには黒目が夥しくある……これらをきちんと詠むことで、そのように感じた瞬間の臨場感を伝えようとする姿勢は描写というより独白に近い。子どもが目に見えるものや触れるものを一つ一つ驚きをもって接し、その面白さを共有しようと親に細やかに語り続ける感性ともいえよう。

シューマンの「子どもの情景」は、彼が二十代後半の時に書かれた楽曲で、いわば追憶の幼少時の世界である。煩雑な現実や宿命をひととき忘れ、その時々の体験に没入しつつ表現することを祝福してくれる句作は、岡田氏にとっての「子どもの情景」といえなくもない。

では、氏は句作を通じて何を追憶しているのだろう。不思議なことに、氏の水気を含んだ句には強い質感が発生している。

喉に沿ひ食道に沿ひ水澄めり
夜の森や濡れてマフラー置かれある

いずれも水や湿り気を帯びた感触を軸とする句群で、本句集に頻出する世界像である。山林や乾いた大気、清澄な光、また無機質な事物や明確な因果は影を潜め、区分が曖昧なまま持続する実感(「闇鍋の闇を外せぬぬめりやう」)や、複数の事物が重なるというより溶けあう風情(「枝を移る鳥も一樹の柳かな」)に関心が注がれることが多い。あたかも水のように形がなく、境界も曖昧で、多様なものが渾然一体となった世界の微妙な変化や推移に氏は郷愁を覚えるかのようだ。
なかでも、「沼」の質感は素晴らしい。

くらがりの沼へ水入る蛾の羽ばたく

薄暗く、湿り気を帯びた気配漂う沼へ蛾が彷徨い、水面に吸い寄せられるように鱗粉を散らせながら羽ばたく。それは親しみや安心感すら抱く情景として描かれた節があり、氏はこれら水気を帯びた世界の中、先述の「目」や「首」に強い関心を寄せるのだった。

芯のなき赤子の首の昼寝かな
端居して首の高さの揃ひけり

首と、目玉と、湿り気を帯びた事物たち。そして水、沼。かつて慣れ親しんだという記憶が気配として漂い、氏の追憶を誘うかのようである。氏の愛読する皆川博子の小説に、次のようなくだりがある。「沼のほとりに茎を這わせた露草の、青い小さい花を摘み取り、女の手のひらに放った。儚い青い花は、夕映えと色が溶けあい、紫に染まりながら、水に落ちた。（略）沼は静かに薄闇を吐き、花びらは影にのみこまれ、白い手のみが、しばらく暮れ残っていたが、それも夜に没した」（『あの紫は』）。彼岸と現世が溶けあう沼の水気は、岡田氏の句中の情景を柔らかく包み、慈しみつつ、くぐもった響きを奏でるだろう。ほの明るい白昼夢のように、懐かしい夜のように。

白藤や此の世を続く水の音　一実

あとがき

これは確かにどこかで〈見た〉景色です。
現実に、想念に〈見た〉景色です。
記憶の景色は日々分裂し統合を欠きながらモザイク化します。
もはやモザイクになった記憶もまた愛おしい。
その果てしなさをお伝えできたなら幸甚に存じます。

この第三句集を作るにあたって、多くの方々にご協力いただきました。
愛媛大学の青木亮人さんには初稿からご助言をいただき、跋文を賜わりました。

佐藤文香さんには最終的な部分において濃やかなご助言をいただきました。

穂積天玲さんには全体についてのご意見をいただきました。

金原瑞人さんには句集の貌となる帯文をいただきました。

濱崎実幸さんにはとても素敵な装幀をしていただきました。

出版においては青磁社の永田淳さんのご尽力をいただきました。

記して深甚の謝意を捧げます。

最後に、弱気な私を励まし続けてくれた人生と俳句のパートナーであるマイマイにもありがとうの言葉を贈ります。

岡田　一実

■著者略歴

岡田　一実（おかだ　かずみ）

1976年　富山市生まれ
2010年　第3回芝不器男俳句新人賞にて城戸朱理奨励賞受賞
2014年　第32回現代俳句新人賞受賞
2015年　「らん」同人
現代俳句協会会員

句集
『境界－border－』（マルコボ．コム、2014年）
『新装丁版　小鳥』（マルコボ．コム、2015年）

現住所　〒790-0033　愛媛県松山市北藤原町3-1-302
carminic13@gmail.com

句集　記憶《きおく》における沼《ぬま》とその他《た》の在処《ありか》

平成三十年八月三十日　初版発行
令和元年五月十五日　第二刷発行
著者／岡田一実＊発行者／永田淳＊発行所／青磁社（京都市北区上賀茂豊田町四〇―一〒六〇三―八〇四五）／電話〇七五―七〇五―二八三八／振替〇〇九四〇―二―一二四二二四／URL http://www3.osk.3web.ne.jp/~seijisya/ ＊印刷／創栄図書印刷＊製本／大光製本所＊定価二〇〇〇円 ISBN978-4-86198-408-2 C0092 ¥2000E